KB023509

26세를 위한 여섯 개의 묵시

박용하 시집

26세를 위한 여섯 개의 묵시

달아실시선
50

달아실

일러두기

1. 본문에서 하단의)는 '단락 공백 기호'로 다음 쪽에서 한 연이 새로 시작
   한다는 표시임.
2. 보조 용언과 합성 명사의 띄어쓰기 등 본문의 맞춤법은 시인의 의도에
   따른 것임.

30년 전에 냈던 첫 시집(『나무들은 폭포처럼 타오른다』)을
다시 낸다.
그간 나는 변했을 게다. 좋게 말하자. 변화했다.
그때나 지금이나 변치 않는 게 있다면
시가 나의 일이고 나의 일이 시인 삶을 살고자 한다는 거다.

미발표 초기시와 초판에 실리지 않은 초기시도 싣는다.
초기시는 「가을 2」를 빼곤
부자유와 부조리의 실전이었던 군 생활 때 쓴 것들이다.
나머지 시편은 제대 후인 1988년부터 1991년 사이에 쓴
글이다.
눈에 거슬리는 문장부호와 행갈이를 비롯해 일부분 손을 봤다.
13편은 아예 빼버렸다.
각 부에 제목을 달고, 해설도 새로 싣는다.

이 시집이 진정 나의 첫 시집이다.

2022년 1월
박용하

마음에 들지 않는 세계를 전복시키고자 하는, 어떻게 보면 터무
니없는 욕망, 어떻게든 그 세계를 기우뚱거려, 그래서, 그 부패한
중심을 뒤흔들어 변환시키려는, 전환시키려는 욕망, 그 욕망이
나를 시인으로 이끌었으리라.
내가 변하면 세계가 변하는 게 아니라, 내가 변해도 이 세계는
꿈쩍도 하지 않는다는 데 딜레마가 있다.
그러나 나는 불가능을 사랑한다.
할 수만 있다면 가스와 집단 이기심이 가득 들어찬 지구를
무위의, 초록의 광기로 전복시키고 싶다.
더 깊은 물로, 그 물의 타는 불로 내 그대(pneuma)를 다시
만나리.

1991년 가을
박용하

차례

26세를 위한 여섯 개의 묵시

1부. 파도를 믿는 저녁

2부. 이슬심장

3부. 피뢰침은 낙뢰와 함께 잠든다

미발표
초기시

가을 2

눈물은 부서지는 것이 아니라 터지는 것입니다. 그 터진 물방울이 이윽고 가을바람을 만들어 냅니다. ― 나무가 개척한 나뭇잎들이 하나 둘 길 밖에 떨어져 원형이 되는 한국에서 눈물은 물보다 높은 곳으로 흐르는 무서운 방랑이 됩니다. 됩니다.

― 1984. 9

작문

화장실에
쌓이는
나뭇잎 같은
나는

검소한
구름

레몬 향기여
이젠
안녕!

— 1985. 11

조부祖父

그가 죽었는데
나는 힘이 난다.
그의 죽음이
나를 견딜 수 없게 만들었기 때문이다.

— 1986. 4

초판에
실리지 않은
초기시

나무

나를 잊은
나무
내가 잊은
나무
잊은 나무가 갖는
적막의 나무
함박눈 속에 갇히던
나무
잎새는 더 이상
떨어지지 않는
십일월의
나무
그곳에서
나를 잊은
나무의
포기
오늘을 버린
내일의
포기
내일을 버린

오늘의

포기

내 내미는 손마다

닫혀 있는

창밖

나무

그리고

새의

포기를

포기한

나무가

포기 밖에서

가을을 서 있다

이 땅의 온갖 바람으로

몰려 앉은

한바탕 웃는

포기 밖의

나무

— 1985. 11

순간의 질식

저문 십일월의 문장 속으로
창밖 잎 진 나무와
말해진 진실의 곰팡이가
밀려왔다.

말해지고 닳아 해어진 사랑을
다시 말하기 위해
그 눈보라 속으로
그 언어의 충돌 속으로
우리의 시간이
목도리를 매고
꽉 조이고
여기로
늦게.

— 1985. 11

용서합시다

무슨 까닭의 눈이 내립니다 오래된 사람을 미워하는 입과 입 구멍을 들락거리는 공기를 용서합시다.

저기 저 황혼에 지는 하늘 높은 새와 저물기 전에 떠나간 사람을, 이유 없이 사람을 죽이는 사람을, 이유 없이 죽어가는 사람을, 오늘 용서합시다.

창을 향한 허파의 계단이 헉헉거리는 이 심각의 삶을 저 눈에 묻어 내리는 기억의 불씨를 밤이 새고 낮이 어두울 때까지 용서합시다.

그리곤 용서를 죽입시다 밤바다에 앞서 오는 파도처럼 용서를 죽입시다 꽃잎과 복수가 진 하늘 아래 기나긴 고요가 시작됩니다.

— 1986. 1

1부

파도를 미는 저녁

비

비는 지붕 위에서 시작되어, 바다에서
다시 시작되어 하늘로 상쾌하게 상승한다
시커먼 구름 뒤의 뭉글뭉글한 햇살로 올라가
여름 하오 폭풍의 아들로 내린다

비는 내린다 올라갈 만큼 멀리 올라간
하늘의 구름 뒤에서 시대의 가장 큰 어둠을 뒤집으며
또다시 지상에 내리어 빛의 물방울을 낳는다

비는 가장 작은 물로 내려
지상의 가장 큰 한발을 소리도 없이 차곡차곡 적시며
사랑의 몸짓이듯 때론 격렬하게
어둠에 불타고 있는 나무와 풀과 도시와
인간의 집들을 적시며 파랗게 불빛 일으키며
여름 벌판에서 겨울 벌판까지
지상의 죽어가는 모든 풀꽃을 일으키며 불타오른다
이 비는 거의 꺼질 것 같은 나뭇잎의 등불처럼
자신을 지상에 파열하여 사랑의 불꽃을 일으킨다
〉

오! 비는 하나의 거대한 불의 탑
생의 기둥을 쾅쾅 박으며 하늘로 치솟는 나무처럼
지상으로 내려오며 생명의 에너지를 뿌린다

비는 멀리에서 멀리로 흐르는 바다처럼
깊고 높게 자신을 던지며 박토의 땅을 적신다

측백나무

흔들림으로써 이 나무는
제 살과 피의 꿈을 불사른다
머리 위에서 파랗게 타는 하늘을
꿈틀대는 자신의 잎새로 이글이글
안정을 거역한다
그런데 이 나무는
너무 움직임이 부재하다
건조하다
그러나 안으로 불타는
정신에 의해서 해방되는 세계가
이 불모의 나무에서는 일렁거린다
나는 왜?
이 일그러지고 볼품없는 침엽수에게서
풍요로운 나무의 물
꿈의 불사신
꿈의 강물의 젖통을 빨아먹고 있는가
기나긴 대낮의 저편에서 타는 고통이여!
무사와 안일과 나태를 학살하는 현장처럼
너는 저 들 구석에서 홀로 타며

갈대의 긴 겨울을
석탄처럼 지구의 깊이 위에서
추운 지구를 가스등 켜며
끈질기게 자신을
파랗게 타는 하늘을 더욱 파랗게
불의 꿈을 방뇨한다

나무 앞에서

나무들 그들만이 그들의 생의 저 홀로 흔들려 바로 서는 절대의 자세를 안다. 절대의 슬픔을, 그 슬픔의 끝인 피눈물을, 절대의 생로병사로 서서, 오로지 초지일관, 곧 죽어도 서서, 이 텅텅 말라비틀어지는 육신에 피닉스를 잎 계워낸다. 그리하여 나는 이 전무후무한 학교에서 맛본 생의 불굴의 투지를 흡인한다. 나무들 그들만이 그들의 인고의 세월을 불쑥 잎 피고 잎 지는 벌거벗음으로 벌거벗지 않은 생의 무거움을 어디까지나 몸 하나로 가볍게 보여주는, 나에게 설교를 하려는 세력들은 죽어 뒈져라 하는, 아 곧 망할 것 같은, 아 곧 끝장날 것 같은, 나무는 나무들은 그들만이 그들의 생의 저 홀로 흔들려 저 홀로 꿈 불타는 절대의 독립을, 절대의 가능으로 불가능의 삶을 확확 살아낸다.

연기

베르톨트 브레히트를 읽으며
베르톨트 브레히트가 낳은 사회를 읽고
베르톨트 브레히트가 낳은 국가를 읽는다
국가의 숨구멍 앞에 가로막은
바리케이트에 대한 항의를 읽는다 읽으며
이 살아 있음의 부끄러운 의미를 숙고한다
그가 절규한
서정시를 쓰기 힘든 시대 속엔
서정시인 것 같은 시들이
너무 쉽게 써지는 것에 대한 통탄이
출혈의 고통으로 살다 간 형제들에 대한
사랑의 신호가 연기 속에 가려져 있다
베르톨트 브레히트를 읽으며
힘들게 쓴 서정시인 것처럼
연막에 가린 나의 시의 연기를
하나 둘 걷는다

27

학교에서의 교육을 받아들이지 않고, 수많은 책을 보면서, 고독 속에서 자신의 언어에 대하여 숙고한 자는 너무도 행복하다.

— 가스통 바슐라르

이후 밤이 깊다
하지만 나는 에고이스트다
내가 나에게 명령할 수 있는 건
원고지 위에서 슬기로우라는 말뿐
나는 이 세상에서 자유롭지 못하다
나는 사람에게서 자유롭지 못하다
바람 불지 않아도 저 중앙시장 골목에 있는 먼지들은
　너무도 많은 비밀을 감싼 채 시간의 흐름을 끈기 있게
감내한다
　나는 세계가 너무 텅 비어 있다고 느끼는 자
　나는 부족하다
은유보다 설명이 더 대접받는 시대에
나는 너무 모자란다
하지만 세계는 설명되지 않는다
세계는 숙고하여진다
너무도 버려진 세계에 살고 있다는 것에서부터
탈출하기 위한 노력과 집념
나는 그런 것들을 원한다

하지만 현재를 견디는 일도 피하고 싶지 않다
한밤의 어둠은 공기의 목을 비틀어 피를 들이켠다
확실히 세계는 어둠이 지배하는 곳
나도 어둠으로 통하는 하나의 긴 장막을 갖고 싶다
나는 노래하지 못한다
의미 있는 것들에 대해서
나는 노래한다
둥근 지구에서 우리는 쓸쓸하게 떨어져 추락할 것임을
해가 떠오름에도 불구하고
이후 나는 없다
우리는 이별하기에는 너무도 한 세계를 망가뜨려놨다
저 하늘의 빛나는 달과 별을 어떻게 노래할 수 있담
그것은 하늘의 소유다
우린 죽었다

구부러지는 것들

어깨가 구부러진 청솔들에게도 한때 빛나는 유년이 있
었으리라

보기보담 일찍 구부러진 공원의 낙엽들을 나는 좋아한다

구부러지는 식물들 그것은 윤회를 닮아 있다

강물은 오늘도 무서운 속도로 상류의 물들을 하류로
실어 나르고

둔덕의 풀꽃들은 그림자 길게 휘어 달빛을 잡는다

그리고 나는 세상을 휘휘 젓는 직선에 괴로워한다

등이 구부러진 과일들

등이 구부러진 노인들

등이 구부러진 황소

야! 아예 온몸이 구부러짐의 시작의 끝인 시작의

둥근 공과도 같은 하루는 있는 것일까

구부러지다 바로 서고 바로 서다 구부러지는 풀

나는 그 풀들의 유연성을 삶이라는 이름으로 곰곰 되뇌
어본다

구부러지는 것들은 자연의 숨통을 닮아 있다

흘러가는 강의 휘어짐

세상에서 세상 밖으로 이어진 길들

한 사람에게만 마음이 휘어진 여자

하지만 구부러진다는 것이 너에게 굽실거리는 것과 같을 때

그것이 통념일 때 우리는 압제된 사회에 살고 있네

겨울바람에 구부러지다가도 바로 서는 한겨울의 나무들을 나는 좋아한다

구부러지는 것들

구부러지다가도 도저히 안 되겠다며 바로 서는 것들

그와 같은 것들은 너무 적다

비 오는 날 굴성屈性의 식물들은

푸른 물의 줄기 속으로 쇳덩이들의 철썩거림이 쏟아져 내 눈은 프리즘을 이룬다. 어둠을 먹은 저편 강둑의 바람들도 불꺼버린 하늘의 구름을 만나 굴성의 식물들은 강물의 푸른 섬들을 봄날의 나뭇잎으로 뭉쳐 오른다.

감탄하라. 하지만 우상을 숭배하기 위한 감탄의 말은 이 지상 그 어디에도 없나니 자연의 그 깊은 물들의 솟구쳐 오르는 비 오는 날 집들의 지붕보다 더 열광하며 흐르는 나무들의 꿈 앞에 피로와 태만은 죽어버리리라. 그리하여 권태의 날들 죽어 다시 병든 육체 헹구리라. 비 솟는 날 인간보다 더 푸르게 나는 새들의 하늘 아래 먹장구름들은 장대비 쑥쑥 자라는 마당 위로 한 떼의 파도를 몰아쳐가는 힘들을 비축하고, 힘의 방전로에서는 푸른 물의 뜨거운 끓어 넘침이 서서히 논밭 펼치듯이 나무와 풀들로 대지의 심장을 꽃 연다. 여니 어둠 속으로 흘러 흘러 언젠가 더 큰 빛의 바다로 몰려가는 물의 하이얀 길과 길의 후손들과 뿌리들은 어둠 속 빛을 눈떠 한 바가지씩 물을 움켜쥐고 공중의 길을 따라 나뭇잎 등불을 켠다. 그럴 때마다 굴성의 미라들은 딱딱한 악의 공기 속으로 쇳덩이들의 부패 속으로 물방울들의 들썩거림이 하나 둘 지구의 천장으로부터 피어올라 발자국마다 함박꽃 밤 부시다.

비와 바람 더 푸른 날 새들은 우연雨煙 속에서 더 가벼워지며 밝아진다. 자 잎잎이 달린 물방울의 바다 속의 물고기들 속의 가문비나무, 너무 투명해 만질 수 없다. 흐른다. 쉼 없이 흘러가는 물의 꽃나무들, 그 깊은 심연 속으로 추억할 수 없는 초록의 광기들이 풍경이 되어.

전화보다 예감을 믿는 저녁이 있다

새들이 날아가다 철탑 위에 멈춰 서면 그리웁지 않은 것도 그리워진다.
그리움보다 멀리 빨리 닥쳐오는 것은 예감밖에 없다.
저녁은 둥글고 노란 감나무 빛깔의 안녕을 전해준다.

전화보다 예감을 믿는 저녁이다.
그래 예감보다 폭력을 믿는 저녁이다.
폭력보다 돈을 믿는 저녁이다.
하지만 비는 나무에서 먼저 오고
하늘은 오래된 구석기의 얼굴을 장쾌하게 보여준다.

비는 그 먼 거리에서 와 자신을 박살내면서 육체를 완성한다.
그래 주룩주룩 물방울 많기도 하고 투명하기도 외롭다.

인간들보다 하얀 자작나무를 믿는 저녁이다.
사회보다 자연을 믿는 저녁이다.
국가보다 오래전부터 밀려오는 파도를 믿는 저녁이다.
집들 사이의 나무들보다 나무들 사이의 집들이 얼마나

아름다운가.

예감은 그 어떠한 매스 커뮤니케이션보다 화려하다.

나는 이 예감으로 20세기의 불행을 추억보다 빨리 완성하리라.

전화보다 예감을 믿는 저녁이다.

아니야 예감보다 주먹을 믿는 저녁이다.

주먹보다 쓸쓸하게 나를 나뭇잎 지는 저녁을 믿는 아침이다.

청동 구릿빛 나무들의 노래 1

나무는 지금 불탄다
찌그러진 놋대야 같은 어깨와 어깨를 맞댄
이마와 이마를 서로 맞댄 구석기 나무는
숲의 바람의 불쏘시개를 부둥켜안고 어제 오늘 내일이
없이
불똥을 대가리에 심는다
나무는 지금 불탄다
원수와 친구는 한 끗 차이밖에 안 난다는 듯
뭐, 어림없는 소리, 그래도 너하곤 절대 상종 안 해 하듯
독자적으로 독립적으로
허허벌판의 꼽추처럼 일그러진 한 그루 잡목에서도
숲 전체의 꿈이 있다는 듯이
나무는 시원의 푸른 물줄기를 콸콸 불뿜는다
나무는 지금 불탄다
나무는 지금 불탄다
찢기는 폭풍우에 날려가는 봄 여름 가을 겨울의 사지四肢
그 너덜거림 그 물리적 힘 속에서도
나무는 나무는
등대가 바다를 밝히는 항구의 나무이듯

우리 어둔 밤 밝히는 지상의 등대처럼
침묵의 시종일관 엄숙하게 엄숙하게
윤회의 회전 속을 때와 장소가 없이
연신 불을 물펌프질한다

청동 구릿빛 나무들의 노래 2

꿈의 화산, 나무들이 춥다
겨울 한복판에서 아직 봄을 완전군장 잊어본 자세도 없고
봄을 줄기차게 포기한 표정도 없는
이파리 하나 달리지 않은 겨울나무들이
태양을 향해 두 팔 들고
다섯 손가락씩 여섯 손가락씩 온몸을 박동치는
푸른 불기둥의 타오름이 보인다
나무들은 서 있는 게 아니라
지구를 끌고 붕붕 하늘로 떠올라가듯
발돋움하는 산맥을 붕붕 풍선을 부풀리듯
찬연한 초록의 잎을 펼치며
가까이 가까이 구름을 가까이 비상한다
나는 여름에서 한겨울로 겨울에서 한여름으로
말라버린 희망의 물구덩이와
찢어진 사다다리의 시간들을 버리며
관목들의 숲으로 간다
가서 헐벗음의 넉넉한 겨울 저수지가 된다
다시 고통의 제왕처럼 스프링 치듯 솟는 나무들이 푸르
뎅뎅하다

3미터 높이의 키에서
바벨탑보다 높고 깊은 꿈의 수레바퀴를
위로 위로 굴리는 이 탄력의 동체의 수런거림을
알맞은 거리에서 서로의 존재를 버티며
연대 책임을 버티며 폭풍을 이 나무에서
저 나무와 이동하는 육지의 바다에서
아래로 아래로 늘어뜨린 인간의 두 날개를 모으며
천천히 천천히 두 다리바퀴에 발동을 건다
나무들은 서 있는 게 아니라
수천 개씩의 날개들을 달고 북극성을 향해
북두칠성을 향해 힘차게 힘차게 날아오른다

대관령의 자작나무는 괜찮은 듯이 서 있다

시계 불명의 대관령을 오른다
안개는 구름보다 낮게 흘러서
더 육체적인 황홀감을 가져다 준다
백 미터 이백 미터… 팔백 미터의 해발의 나무들은
덜 먹고 자란 아이들처럼 키가 작다
몸집이 작다
하지만 산의 정상에 서 있는 나무와 풀들은
그 가냘픔으로도 산의 정상을 지킨다
작은 것의 엄청남, 나는 그런 것들을 사랑하다 망할 수
있을까
나는 그런 것들을 열심히 즐거워하다가 취해버릴 수 있
을까
새들은 죽은 휴지처럼 나무에 가끔 걸리고
이곳은 구름이 가깝고 도시는 먼 곳
나는 거기서 오래 호흡하여도 좋았다
나는 거기서 빨리 살아도 좋았다
하지만 산의 정상은 사람들을 오래 허용하지 않는 곳
이 고개를 드나드는 차들처럼 점점이 이동하여 점점이
흩어지고

대관령의 자작나무는 더 강한 폭풍에 시달릴수록
더 청수한 얼굴을 보여준다
햇살은 안개를 투과해 내려올 것이다
그리고 여긴 스스로 견디는 시간이
오랜 추억이 될 나무들과 풀들의 나라
사람들이 금세 여기를 떠나듯이 쉽게
대관령의 자작나무는 표정을 바꾸지 않는다
견딤의 눈물을 바꾸지 않는다
우리가 정상을 향해 오른다고 하는 이 열망은
바람을 헤치며 안개를 통과하며 폭설 속에서 걸어 나와
하나의 햇살과 마주치는 일
하나의 흔적과 마주치는 일
대관령의 자작나무는 괜찮은 듯이 서 있다
그러나 이 나무들은 전육체의 중심을 다해
산 정상에 눈물 보이지 않게 서 있다
나는 오래 죽어갈 것이다

방

누워 있는 시계는 벽으로 얼굴 돌려 끙끙대고
나는 시간을 볼 수 없네
빈 방은 하나의 울부짖음이
내 생의 일부에서 빠져나오려는 것을
체험으로 가르쳐준다
지금 몇 시쯤일까
어떻게 아침은 한 치의 오차도 없이 이렇게 와 있는 것
일까
신문을 열면
그놈이 그놈인 얼굴과 그게 그거인 사건들이
보란 듯이 쌍판을 내밀고 있다
시시하다고 하는 것은
폭력이 난무한다는 말만큼이나 경계해야 한다
지난밤 나뭇잎들은 복면의 가죽장갑을 끼고
창문을 두들겨대다 돌아갔어도
나는 스산히 닥쳐오는 어떤 두려움을 일상으로 돌리고
겨우 잠을 이루었는지도 모른다
나뭇잎의 그림자, 그것은 고기의 지느러미처럼 나를 습
격한다

서울 거리에 송곳처럼 박혀 있는 나무들은
영동선 기차 소리를 들으며 오래 울고
어둠의 굴레는 쉽게 사라지지 않는다
나는 듣는다
세상은 살기殺氣 있는 조금 큰 방일 뿐이고
여긴 나를 떠나간 사랑이 있는 2미터짜리 빈 방
머리가 돌아가버린 탁상시계 뒤에서 희망을 볼 수 없네
빈 방은 하나의 둥근 달걀이
내 육체의 일부에서 빠져나오려는 것을
울부짖음으로써 태어나게 한다
여긴 너를 볼 수 없는 방
싸늘한 서울의 빈 방

서울의 밤과 비와 26세를 위한
여섯 개의 묵시默視

서序

나는 노래하리
은폐된 밤들의 기나긴 단절과
석유에 젖은 도시를, 그 밖을
비 오는 밤이면 다시 노래하리
강과 바다가 은밀히 결혼하는
파도가 와서 잠드는 하구를
눈 오는 밤이면 또다시 노래하리
이 땅 잠들지 않는 어둠을 위해
빛의 새가 되고 싶다고

서울비

비가 내리네 잃어버린 유년 시절의
제방 위에 모든 불행의 기억 위에
다시 한 번 절망을 되씹으며
살아보라고 비는 줄기차게 쏟아지네
〉

쏟아져 이 병든 가슴 물들이네
빗속을 조금씩 조금씩 걸으면서
추억에 젖듯 조금씩 조금씩 젖으면서
지나온 날들을 돌이켜보지만
강물에 가까워지면 질수록
도시가 젖으면 젖을수록
비는 지상에 마지막으로 떨어지는
물방울을 소리낸다
노파의 죽음을 소리낸다

비가 내리네 물방울들이 하얀
폐허의 유적 위에 헛된 상념 위에
다시 한 번 절망을 되씹으며
없는 아내와 없는 세월과 없는 집과 없는 젊음을
타락한 도시에서
강물 속에 웅크린 도시에서 찾아보라고
죽음을 찾아보라고
비는 줄기차게 쏟아지네
〉

황혼

시는 당대의 불길한 전언이다
하지만 그것은 희망을 안전핀으로 한 위험한 전언이다
라고 한계령의 모든 나무들의 창들을 뒤덮는 폭설 속에서
11월 썼다
그리고 아무에게도 편지하지 않았다
아무에게도 전화하지 않았다
우리는 신음 속에 태어나
신음 속에 죽어가는
마지막 신음의 울타리다
잘 있거라, 죽어버린 관계여
다시는 이 지상으로 불어오지 않을 바람이여
누가 희망을 노래하랴, 희망은 이미 떠났다

801호

도시는 비가 내리는 작은 창을 통해 살아 숨쉬는

짐승의 외침을 소리 없이 보여준다

26세의 작은 등불 하나는
꺼지기 직전의 불빛이기보다
마지막으로 가장 짧은 불꽃
가장 깊고 아름다운 불빛으로 꺼지기 위해
비 내리는 도시의 밤 위에
천둥처럼 켜져 있다

흙비가 내리는 검은 도로 위에 죽음처럼 내려와 누운
유언들
멀리 들리는 비의 발자국 소리가 침묵 속에 하얗게 빛
난다
도시는 비가 내리는 작은 창을 통해
누군가 아직 잠들지 않은 숨소리를 또렷하게 두들긴다

문밖에서
〉

문밖에 있는 사람들은
문 안으로 들어가기를 희망하고
문 안에 있는 사람들은
문밖으로 뛰쳐나가기를 희망한다
도시는 전원을 전원은 도시를
태양은 달을 달은 태양을
전쟁은 평화를 평화는 전쟁을
철마는 달리고 싶다고
욕망에 휩싸인 내 육체를 폭파하고 싶다고
나는 자백한다
문 안에 있는 사람들은
더욱 깊고 안전하고 따스한
문 안을 희망하고
문밖에 있는 사람들은
더욱 거칠고 포악한
문밖을 희망한다

절망
〉

서울은 차갑고 쓸쓸한데

탁한 공기가 나를 먼지의 제국으로 몰고 가는데

너를 읽으면 살 것 같아

수은등 불빛 아래에서

너의 어두운 에너지를 읽으면

그 에너지 속에 숨어 있는 불빛을 읽으면

나는 조금씩 따스해져

먼 타관에서 돌아오다 만나는 등불처럼

멀리 있는 이 환생의 길을

꾸역꾸역 메마른 빵조각 씹으면서

밤바다처럼 너의 어둠의 힘들을 사랑하게 돼

그 밤바다의 숨은 파도인 속초와 묵호와 주문진과

눈에 짓눌린 소나무 숲과

그 소나무들의 쓰러지기 직전의 견인하는 직립을

문밖에서 아주 가까이서 만나게 돼

서울은 차갑고 쓸쓸한데

어떤 보이지 않는 손들이 나를 휘감는데

너를 읽으면

너의 어둠 속에 남아 있는 단 한 페이지의 희망을 읽으면

어스름 저녁의 구름이 게우는 소낙비처럼
그 소낙비 속을 흘러가는 강처럼
은밀히 꿈꿀 수 있음을
너는 조금씩 알게 해줘
비 오는 밤바다 바람의
그 희미한 불빛들의 잠들을 뒤척이면서
창백한 얼굴의 네가
따스한 연료일 수 있을 때까지
따스한 자작나무일 수 있을 때까지
따스한 말일 수 있을 때까지
이 살기 힘든 시대를
서성거리고 있어
그냥 서성거리고 있을 뿐이지

청동 구릿빛 나무들의 노래 3

포클레인의 쇠뭉치들이
내 귀를 뚫고
뇌를 쿵쿵 찧는다
보기 싫으면 눈감으면 그만이지만
귀는 어떻게
꽉 잠가버릴 수 있는가
보기보담 어려운 듣기
모든 매스컴의 끝은 자연이다
안 아픈 빗소리
안 아픈 새소리
안 아픈 바람소리가
청동 구릿빛 나무들 숲에서
칭칭 나를 둘러싼다
내 귀에 마음 들 듯
세상에 들어앉은 나무들에게서는
안 아픈 물방울의 말들이
쑥쑥 물펌프질한다

풀잎

색과 근육의 공화국에서 풀잎이
무슨 살아 있는 신호라도 되겠는가
우리는 고민보다 비디오를 즐기는 세대다
문제는 우리가 그저 주말의 프로 야구나 보고
쇼나 보도록 길들게 한
그래 저 저 공룡들이 아니다
바로 우리다 나다
이 작은 것들이
이 아무 것도 아닌 것들이
끈질기게 끈질기게 하루의 가장 어려운 시간을 마감하고
보일 듯 말 듯
쓰러질 듯 말 듯
이 누이 같은 사소한 삶이
이 허허벌판을 안쓰러이 안쓰러이
사랑의 푸른 날개를
수평에서 수평으로 수직에서 수직으로
흔들리며 더 깊게 이 땅에 뿌리내린다는 것을
알아다오 제발 느껴다오
하지만 죽어도 위로하지는 말아다오

우리 이 들판의 작은 풀잎이라는 말 속엔

무수한 아픔이 교각처럼 시대의 다리를 구축하고 있음을

너희들 공룡대가리를 닮은 관료들이여 보아달라고 하
기도 전에

우리는 이 최후의 새벽

더 이상 부서질 수 없는 이슬을 맺는다

이 땅 풀잎들은 아무 것도 아닌 듯이 흔들리다가

한꺼번에 들판을 불태운다

개

한밤에 개가 짖는다 컹컹컹
늑대에서 약간 진화한 음성으로

주인이 도둑질해 자기를 처먹이는지
아는지 모르는지
살인 방화 약탈해 먹이든지 간에

그저 밥만 처먹여주면
지들 욕하는 놈을 알기라도 하듯
시도 때도 없이 컹컹컹

사람처럼 생긴 개가 짖는다
왜 밤은 개들만 있는 것처럼 들리는지
응, 어둠 속은 어차피 볼 수 없으니, 개소리를

듣는다
무서우면 사람들은 왜 눈보다 귀를 막는지
알기나 하듯 문을 쾅쾅 닫고
문밖을 지나가는데도
〉

컹컹컹 개가 짖는다
남을 죽이고 짓밟고 강간하고 자존을 밟든 말든
그저 지 밥만 먹여주면 컹컹컹

그러니 아 이 개애새끼들
진짜 물러가지도 않네

한밤에 컹컹컹
개처럼 생긴 사람이 지 아들딸인지 모르고
짖는다

여름강

속이려고 하지 마, 여름 강가에 가면 보인다
매우 강한 척하지만 약한 자들이
야밤에 거리에서 꽥꽥 소리를 지르듯이
예민한 자들이란 스스로 자신의 뇌를 향해
소리 죽여 강물을 들이민다
일찍이 저렇게 무서운 고요를 본 적이 없다
자살을 빼놓고 저 강물보다 뛰어난 침묵은 없다
여름밤 불타는 산 몇 개 어둠과 강물을 이리저리 섞고
기차는 기다림에 지친 가장 적요한 불빛 하나를
온 밤을 통과해 실어 나른다
감추려고 하지 마, 사실 여름강은
얼마나 많은 미증유의 사건들을
꾸역꾸역 삼키며 흘러가는가
지금 눈물겹지 않은 자들은
저 강물이 얼마나 많은 고통을
스스로 헹구면서 흘러가는지 보아라
여름 강가에 서면
여리고 작은 물방울이 얼마나 강한 것인가를
이 강은 쉬지 않는 흐름으로써

둔덕의 풀꽃들을 피워 올리고
그 작은 물의 빛깔들이 어느 날
사람의 마음을 보여줄 한 개의 거울을 선사하는지
그대 아는가
척하지 마라, 여럿일 땐 고함치고
홀로일 땐 엄두도 못 내는 길을
강물은 흥미롭게 돌들과 부딪치며
나무와 새와 어울리며
더러워진 사람들 곁에서 침통하게 구른다

단편 24시

그렇다니까!

빗방울이 떨어지는 속도와 같이 나는 지상으로 추락하고 싶다. 하늘에서 땅까지 보이면서도 금방 사라져버리는 시간으로 나는 삶에서 죽음으로 흐른다. 통한다.

*

바둑을 둔다. 저 축소된 삼라만상의 전쟁에서 어떻게 나는 나의 병사들을 효과적으로 죽일 수 있을까 궁리한다. 승리에는 피 냄새가 스며든다.

*

…나는 죽음에서 눈을 뜨고 관棺 속을 날아다니기 시작한다.
…강물 안에서는 천 개의 강물이 주렁주렁 열리고 있었다.
〉

*

나무들은 피뢰침도 없이 산 정상에 서 있다.

그러나 자세히 보면 피뢰침투성이로 벼락을 향해 솟아오른다.

*

물고기들은 물속을 날며 구름인 플랑크톤을 먹는다.

*

대열에서 벗어난 자들은 — 반역하는 인간은 반역하는 한 세계다.

*

글쓰기보다 말하기의 어려움. 말의 형벌. 말의 재앙. 말의 행복. 내가 한 말들은 책임이 되어 나에게 되돌아온다.

그렇다고 말의 피난처를 침묵에서 구할 수는 없다.

*

　매스컴은 우리들을 세뇌한다. 보이지 않게 우리 두뇌에 들어와 자리 잡는 악성 종양이다.
　산, 바다, 강, 하늘, 나무, 풀, 먼지… 이것들은 세뇌당하지도 세뇌하지도 않는 지구의 매스컴이다. 나는 천천히 이 레이다 속으로 잠입한다.

*

　등허리에 작살이 꽂힌 돌고래는 무슨 생각을 할까?

*

　바람이 몸살을 앓는데 풀, 꽃, 나무들은 좋아서 어쩔 줄 모른다.
　그렇다니까!
　〉

*

빗속에서 그렇게 할 수밖에 없었을까. 무엇을? 어머니
는 술과 담배 대신 내게 은단을 주신다.

*

악화는 양화를 구축한다. 나는 이 말의 의미망을 모른
다. 악한 놈은 선한 놈을 살려줄 수도 있다고 해석한다.

나무들은 폭포처럼 타오른다

나무들의 꿈은 견딘다
겨울 한계령에서 좋아 그래 알았어
난 창자도 없는 줄 알지 그러면서
허허벌판의 온갖 강풍을 나무들은
나무들의 육체는 셀룰로이드 마분지 한 장으로 견딘다
철저히 적요하게 철저히 철부지마냥 맹목적으로
이 국가의 틈을 비집고 기우뚱
이글이글 수모를 안으로 뭉뚱그리면서
땅속 깊이 뿌리를 견디고
머리 어깨 팔 다리 무릎 허리를 견디고
개판 오 분 후의 정치 경제 사회 문화를
태백산맥 산록으로 설악산으로 백두산으로
천상천하 유아독존 식으로
생에서 자살로 자살에서 다시 생으로
365일을 없는 육체일 때까지
꿈의 지구를 지구의 꿈을 막무가내로 견딘다
그러다 그러다
태양을 숭배하는 원시인의 꿈
태양을 숨 쉬는 지구의 꿈

지구의 날개로서의 꿈
그러면서 연약하게 흔들리는
흔들리면서 더 꼿꼿하게 서는
투명한 물의 꿈의 불의 인간으로
쉴 사이 없이 거침없이 죽죽 초록의 우물을
폭포와도 같이 거칠게 거칠게
완전히 못 견디며 불차 오른다

2부

이슬심장

춘천 비가 1

비는 내리지 않을 비를 뿌리듯 내린다
깊이 없이 나뭇잎은 떨어져 일 년을 헛산다
우리들이 서 있는 한 지점으로부터
너무나 먼 곳에서 바람은 폭풍을 먹고 와
우리들을 더 먼 세계로 날려 보낼 것이다
우리는 먼지로부터 태어나 먼지로 사라질 세대
악마의 수레바퀴들, 그 바퀴들의 회오리, 유적流謫과 홍수
이제 생은 후회되지 않고 망해버릴 뿐이다
인간은 사라지지도 않고 죽어지지도 않고 팽개쳐져
빌딩의 긴 그림자 속에 파묻힌 나무들의
둥글고 긴 그림자만이 오래 어둠을 응시하리라
어디론가 돌아가지 못하는 것들
결국 어디에도 속할 수 없는 회한, 외로움의 연기들이
이 안개성에서 쓸쓸하게 노을로 저무는 것일까
그리고 어느 날 우리들은 자신의 이름이 새겨진
나무속으로 걸어가 몇 장의 편지를 불태워버릴 것이다
보아줄 사람이 없기 때문이다
추억은 이미 식은 시간이기 때문이다
계절은 너무 빨리 우리를 추위 앞에 갖다 바치고

지금 서러운 사람은 외투가 없는 나무들뿐이다
쇠기둥처럼 서 있는 가을에서 겨울로의 나무들 사이로
새들은 지폐처럼 날아가다 둥지로 힘겹게 흩어진다
잘 있거라, 언어를 망친 세대들이여
잘 있거라, 좋은 세계에서 살기 틀린 세대들이여
태백준령 깊은 곳에서 바람은 스르르 흘러와
최후로 남은 나뭇잎을 콱 할퀴어버린다
생은 계속되어지지 않는다
생은 계속 죽어갈 뿐이다

춘천 비가 2

그래 있지 저 안개 속에 불타는
겨울강의 흘러가는 파도의 처음 말이지
집들, 그토록 변함없는
콘크리트 기둥들의 침묵도 흘러가고 있지
도시는 거리를 따라 길게 휘어지다
산 사이로 난 계곡의 그 낮은 궤적의 구름들을
흐느적 먹어치우듯 흐른다
보이지 않을 뿐이지 허공에서 육체로 흐무러지는
저, 저, 절망의 낮은 성채들
보란 말이지
하지만 가려 있을 뿐이지
저 미궁 속에 잠복해 있는 안개의 장막을 걷어내지 않
고선
우리는 어떠한 길도 만나지 못하리
어떠한 희망의 간이역도 통과하지 못하리
죄와 악이 밀려온다
어떻게 벗어날 수 있겠는가
기차는 컥컥 숨을 틀어막는 안개의 영역을 벗어나기 위해
미친 듯이 레일을 타고 대도시로 달려가

울음을 팽개칠 뿐이지

안개가 안개의 등을 밀며 밀리는 한밤이면

내가 펼치던 노트 속에 띄엄띄엄 박혀 있던 뾰족한 나
무들

그 나무들 사이로 헤엄치듯 죽어 나자빠지던 나뭇잎들

내가 썼던 열망, 내가 불렀던 노래들

안개에 가려 읽을 수 없다

여긴 해가 떠도 해가 없는

우리에게 이어진 길은 처음이 마지막인 절벽의 길이다

죄지은 삶이여

누가 나에게 말을 받으랴

누가 나에게 희망을 받으랴

춘천 비가 3

폭, 수렁으로 빠지는 발목의 빗방울들은
도대체 죽음을 안 것처럼 대지로 기어든다
가을 저녁, 내가 배회의 발자국들을 기억해갈 때
어디선가 서서히 작동하는 손, 손만으로 이루어진
어둠 속의 지느러미는 생각만 해도 끔찍하다
아무리 헤맨다 할지라도
아무리 아파한다 할지라도
혼이 없는 육체는 행복하겠지
그 불행의 거푸집을 지니지 않은 자는
오랜 구름의 추억의 이동을 알 수 없겠지
춤추어라 죽은 슬픔이여!
일찍 잠들어버린 자는 이곳의 안개를
그 희미한 빛의 척척 휘감아오는
마력의 매혹을 알 수 없지
그 낮게 구르는 구름장 속으로
단 하나의 비늘을 다쳐 죽은 물고기들이
풍선처럼 부푼다
딱딱한 빵처럼 굳어버리는 살아온 날들
그것을 누가 회의하랴

살아내야 할 날들은

이제 자신의 육체를 뜯으며 빵을 구하리라

안개는 그 빵 속의 보름달 같은 추억을

순식간에 먹어 치워버린다

춤추어라 죽은 침묵이여!

얼굴도 없고 목 손발도 없는

어떤 미확인 물체가 달려와

한 사람의 그림자를 지워갈 때

도시의 한 끝에 서 있는 활엽수들이 식는다

도시의 한 끝에 서 있는 댐들이 불탄다

푹, 빠지는 울음의 기둥들엔

악의 없는 욕망의 물방울들이 기어든다

보이지 않을 뿐이지 희망은 지구를 통과한다

북한강에서

강은 물이 몸이다
강은 얼음이 몸이다
속으로 인내하면서 흐르는 북한강에서
겉으로 출렁대는 너, 나를 본다

강은 젖어 있음이 몸이다
강은 굳어 있는 몸이 흐름인 물이다

쉬고서는 견딜 수 없음이
강바닥의 돌들을 구르게 하고
겨울나무들의 뿌리를 흔들어
풀꽃을 봄 언덕에 방사하는
푸른 불이 강의 몸이다
강의 온통이다

강은 꽁꽁 언 겨울이 몸이다
강은 얼고도 풀리는 봄이 몸이다
뽐내지 않으면서 무게 중심으로 집요하게
상하좌우 흐름이 정신인 강이여

나를, 국가를 관통하라

강은 슬픔이 몸이다
슬픔을 몰아내고도 남는 푸른 불꽃이 몸이다
강은 가장 높은 곳에서 물방울을 완성하고
가장 낮은 곳에서 바다를
소리도 없이 장중하게 완성한다

막차

사창리史倉里로 가는 애 밴 소 쿵
도살장에서는 울음소리가
해머에 벽돌 부서지는 소리를 냈다.
막차는 늦게 와서 빨리 떠난다.
막차를 타본 자들 그들의 눈시울은
저녁 민가 불빛에 불바다를 일렁인다.
화천華川에 대한 기억은
오리털 침낭 속에서 시작되어
다목리多木里 아직 어둠 덜 깬 불빛 앞에서
추위 꽁꽁 싸맨다.
애인은 가버리라 하고
캠퍼스는 낙엽들이 추하게 회오리바람 휘날렸다.
어떤 소식이 오기를 기다리며 나는 본다
보았다 보아주기도 전에 말라버리는
겨울 입구의 억새들을.
새들은 그래도 날개만큼 자신의 깊이를 날았다.
뿌연 진눈깨비 속으로 녹슨 태양은 들어가
위장복 밖으로 군용 트럭은 빠져나가고
수목들의 휴식을 키 재는 북한강 상류

여긴 그리움도 기다림도 하나의 전쟁이다.
너무 어두워 아래로 아래로 불타 내리는
빡빡 깎은 민대가리 겨울산에 폭설이 내리칠 때
나는 겨우 죽음을 덮어버릴 수 있었다.
다시 푸른 싹 고개 내밀 듯 욕망 쳐들면
그땐 야전삽으로 죽이리라 하며
군화 속의 발가락들을 움직였다.
갈매기들이 신음 소리를 내며
내 사주경계 앞으로 밀려왔다.
막차는 빨리 와서 빨리 떠난다.

데스마스크

하일리겐슈타트의 유서 속에는
절망에 깃들인 전나무 숲과
전나무 숲에 깃들인 파탄과
파탄 속에 깃들인 파아란 하늘과
파아란 하늘 속에 깃들인
가장 처절한 음악의 아름다움이
나타나다간 사라지고
사라지다간 나타난다
태양과 번개가
희망 뒤로 황혼지다가
희망 앞으로 새벽되는 순간이
고통스럽게 반복된다
지구의 하늘 위로 나는 인간의 꿈이
피 흘리기도 하고
찬연하게 꽃피우는 시간이 반복된다

추억의 푸른 비 뒤의 검은 빵

그리하여 나무에게로 중세의 하늘 검게 내리누른다
무작정 떠나는 습관을 너무 좋아하는 자에게
세월은 복수의 마른 나뭇잎을 내 찢어진 구두 위에
그 많은 파도를 연락하듯 포구의 한 곳으로 달빛 기운다
분명히 말하건대 우매한 군상을 위하여
내 푸른 비의 활자를 저 대지 위에 쓰지 않는다
흘러가는 강물 그 검은 구름 이후
햇살은 분통을 유쾌하게 터트리듯
그 자작나무 흰 기둥 속으로
인적 사항의 검은 바람을 등잔불 켠다
바람 뽑히듯 서 가는 여름 장마 속 무겁게 녹아내리는
침묵의
그 감춰진 뿌리 뽑힘의 나무들이 사위의 어둠을 먹는다
누군들 상처 없이 단 하나의 생을
뇌우 속에 저당하지 않고 물빛 희망을 간직하리
나여 빚진 생은 지금까지일 뿐이니
그 어떤 빛깔에도 쏟아지는 은혜의 파도의
그 오랜 날짜들의 순간, 밝아오는 검은 빵들
그 빵의 일손이었던 모멸들을 잊지 마라
그리하여 길은 내가 찾아가 발명한 물방울이었음을

춘천 비가 4

인연을 끊어라.
하지만 끊을 게 없지.
진짜 맺은 인연이 우리 세대에는 있는 것일까.
이곳의 밤들은 황량하고
별들은 모든 습기를 안개로 풀어 헤친다.
그 안개 속에서 절망한 자들은 알리.
살아 있음만큼 더 무서운 욕망은 없다는 것을.
문밖 나뭇잎들은 위험한 세계의 아들처럼
아슬아슬하게 나무의 한 손을 붙잡고 있다.
11월 죽어가는 것은 완전히 죽게 하고
살아 있는 더러운 육체는 더 못 살도록 죽여라.
지금 불타다 남은 나무들 그들만이
희망으로 떠나는 길을 안다.
희망으로 돌아오는 길을 안다.
여긴 안개의 왕국.
지구에서 가장 오랜 침묵의 흐르는 물의 왕국.
그 먼지의 성채에서 우리가 만나는 것은
지쳐버린 시간들과 없는 만남들뿐이다.
그토록 오랜 밤들을 헤매다 겨우 만나는

비닐 같은 햇살뿐이지.

지상으로 빛나지 않는 별들의 밤이면 노래하리.

왜 생은 어려워지면서 날개를 얻는지를 알 때

우리는 이미 여기에 없으리.

어떠한 약속도 하지 않았으니

어떠한 이별도 하지 않았으니

발길은 허용해도 손길은 허용하지 않는 세계에서

우리는 무엇을 만날 것인가.

이미 죽은 인연.

춘천 비가 5

술이 있었기에 망정이지
그렇지 않았다면 벌써 대마초에 시들어버렸을 거야
노파의 주름살 속으로 내려와 쌓이는
검은 나뭇잎의 층계들
누가 이곳에서 삶을 노래할 수 있을까
반항하는 내면이 없는 육체는
뻔히 속보이는 군대 같다
뻔히 속보이는 관료 같다

자작나무가 있었기에 망정이지
그렇지 않았다면 숲을 읽을 그 어떤 신문도 이미 죽은
것이리라
진눈깨비 흩뿌리는 거리들, 그 거리의 신호등 곳곳마다
매복하듯 서 있는 가로수들의 의미 없는 웃음들
최후로 남은 바람은 죽음이 피는 첫 번째 나무를 기억
한다

아프지 않은 자들은 이미 죽은 먼지의 딱딱한 토막들
무관심은 이미 무서운 관심, 하지만 오해되어 있을 뿐

인 관심들

    도시의 구석구석을 읽으며 강변으로 밀려가는 파탄의 검은 일기장들

    펼치지 마라 누구도 행복하다고 말할 순 없으니까

겨울강

누구도 이 강의 주인이 될 수 없다
오직 문밖에 오래 어둠의 살을 흐른 자만이
죽은 행복의 삶을 기억할 뿐
아무도 존재의 갈피에 끼여 있는
구름의 두께, 풍요의 모성을 알 수 없다
죽음의 출렁이는 진창의 수렁 속을
펄럭이며 질척이는 삶의 검은 옷자락들
하지만 죽음이란 얼마나 멋진 정지의 흐름인가
한강은 도시를 만나서 헤어지는 순간까지
검은 드럼통의 고통들을 서해로 실어 보낸다
그대는 이 도시에서 아무 할 말이 없다
저 강이 모든 말들을 삼켜버렸기 때문이다
저 강이 모든 인연들을 운반해버렸기 때문이다
누구도 이 강의 주인이 될 수 없다
석유를 뒤집어쓴 강
누가 불을 켤 수 있단 말인가

죽음의 집

어떤 그림자들이 나를 이곳까지 이끌어 왔다
그림자 없는 육체란 뭘까
천천히 식어 차오르는 달의 풍경 속으로
휙 밀려드는 검은 먼지들의 사과 궤짝들
아 나는 아무래도 생을 지나친 게 아닐까
나무들은 물의 가슴을 가지고
강물을 흘러 깊은 바다를 넓고 크게 매만지지만
이 집은 태양의 집이 아니다
흙의 반죽으로 이루어진 불의 아궁이가 아니다
죽음은 어떻게 태어나 어떻게 사라지는가
알 수 없다, 가령 살아 있을 때 아 내가 살아 있구나
긴 숨 짧게 내쉴 때 흘러와 이미 흘러가버린
자취 없는 시간 아닐까
육체에서 모든 빛이 빠져나가버린 듯하다
내가 머물던 집 속의 머물던 대이파리 그림자
속의 마당을 머물던 물방울 보이지 않는다
처음부터 이곳을 아주 가까이 흐르고 있었으리라

겨울 1970 속초

그때 그 많던 새들 그게 다 어디로 갔지
우 우 별 많던 그 파도들의 춤 말이야
죽기 싫어 새들은 저녁에 이불 속으로 사라진다
죽음의 물방울 최초로 물의 마음을 눈뜬 바다
그 녹슨 태양 앞에서 아버지는 나를 죽이기 위해
뚝, 나무를 꺾었다 그때 해변으로 후두둑
죽은 새들이 밀려왔다 후— 겨울 속초에 가면
오랜만에 호수가 폭력보다 먼저 나를 정다웠다
부성父性이란 그 새 발의 피의 마르지 않은 겨울강 하
구에서
  야만의 달과 얼음장 속으로 아들을 길 밖으로 밀어낸다
  그리하여 휘어진 호박엿의 구불구불 그 휴지 뽑히는 길
들을
  몇 개의 동전으로 마음 놓게 하지만
  길이란 소년에게 그 막막한 숨통의 연속으로
  집으로 가는 길을 지우게 만들어
  골목 골목 꽉 들어차 있던 그 많던 갈매기들을 따라
  그게 다 어디로 가 잠을 청할까 염려한다
  오 그 추운 발바닥에서 더 추운 발자국으로 가면

날개가 길보다 먼저 나를 이륙했던 요람의 물통
영랑호에서 청초호까지 얼어붙은 물속으로
섬들은 밀려와 호루라기 새들을 불며
소년은 스케이트를 메고 기도했으리라
딱딱한 얼음 안쪽의 물고기들은 어떻게
심장에 손을 비볐을까 오토바이는 어떻게
눈 덮인 길들을 불 켜며 전신주에 갔을까
한국전력 속초영업소 그 늙은 건물 위로
추위 떨던 폭설들 속으로 새는 죽기 전에
날아오르지 않으면 새가 아니다 라고 외쳤으리라
바람에 진눈깨비 휘날려
오래도록 그 시간들 파도로 다시 태어났지만
상처는 비를 받아 검은 구름 흘러내렸다
그때 그 많던 물새들이 살던 육체
육체의 가난한 중심들 그게 다 어디로 갔지
겨울 더 추운 나무 그 길들을 따라
해마다 겨울이 오던 추억과 물의 보관소
그때 벌써 죽어
황혼 속으로 이동한 소년의 부성父性

잊혀갈 것이다

바람은 또 길바닥에 널려 있던 휴지들을
죽음이 뭐 별거냐는 듯 휩쓸어간다
그때 나는 왜 그리 멀리 외투를 비비며
강둑으로 걸어갔던가 알 수 없다
이 삶은 처음부터 죽음에 포위되어 있었던 것은 아닐까
어둠만이 이 골목 골목 꽉 들어차 샤워를 끝낸다
그들은 왜 나에게 그들을 기억하도록
내 이슬허파를 꽉 쥐었을까
섭섭하게 잊혀갈 것이다
감사한다 없었던 스승들을 위하여
나는 강물 속에 돌을 던지고
그 돌은 수심만큼 스스로를 감출 것이다
기억은 언제나 추억보다 빠르다
길바닥의 낙엽투성이 나를 방문해 육체를 포장한다
결국 나는 앞으로 몇 개의 가을을 삶 속에 저장할 것인지
거리를 읽어가다 신문을 외면해버린다
너는 앞으로 그저 그럴 것이라는 것을
헬리콥터는 급속도로 다가와 머리에 우박 퍼붓는다
살아 있는 일이란 뭔가를 눈물겹게 놓쳐버리는 일

나는 협궤용 증기기관차처럼 쓸모없어질 것이다
뒤에 오는 한 아이가 그러겠지
아빠, 저게 기차야?
너희들도 그렇게 소용없을 것이다

봄비의 묵시록

사소하게 빗방울들은 대지를 눈치챈다
내 늙은 사과나무의 몸체 속으로 흘러드는 욕망의 철로
에는
싸늘한 달빛이 한 사람의 그림자를 콱 친다
이젠 그 어떤 달콤한 말도 소금의 이웃이 될 수 없다
아들아 너에게 죄가 있다면
악이 최고 수위에 다다른 시대에 태어났음을
너의 죄가 죽을 때까지 네 불순한 피와 싸워라
죽은 탄피 꽃 피고 구름 벙그는 화아라한 대기의 관 속
사소하게 빗방울들은 악의 먼지들을 눈치챈다
희망이여 그 어떠한 역에서도 자취를 감춘
더러운 기적汽笛이여
아플 때 가장 좋은 치료약은
최악으로 아파보는 구름일 것이리라
지친 세계의 몸속을 굴러 극점에 이르는 빙산이여
동해안 파도만이 내 행복한 요람의
영하 사십 도의 벙커였으니
이제 어디에서 내 잠들은
검은 울음 우는 대지의 한 곳에 깃들일까

퍽 퍽 떨어지는 봄비 속의 검게 탄 한 그루 나무는
내 이슬심장을 온통 부수어버리며
먼 지하의 관 속으로 영영 흘러가버린다
아아, 여긴 너무 춥다

안개

어제에서 비는 주룩주룩 오늘로 흘러든다.
회상의 수레바퀴, 그 물방울들의 흘러간 사탑.
안개는 보이지 않는 구름들이 스르르 흘러와
우리를 컥 컥 핵 틀어막는다.
그래 안개야 안개—
전방 20미터 아니 10미터 아니 5미터 앞의
황색 개의 살기, 갑작스런 악의 발기,
비누를 뒤집어쓴 검은 매연의 나무들,
이런 것들이 한 치 앞을 가로막은
가까운 미래처럼 놓여 있겠지.
적어도 내가 죽음을 사는 이 도시는 그렇다.
건축물보다 높은 가로수들의 거리를 지나다
오랜만에 멈춰서고
겨우 사람들을 하나 둘 부표로 읽는다.
읽으며 거리가 먼저 삼킨 조서 같은 행인들과
알루미늄의 하늘의 불길한 구름을 바라볼 때
길 건너 공간건축사무소 앞에는
슬픔을 망각한 잎 하나가 추락한다.
그렇게 사람들은 우리 곁을 빠져나가는 걸까.

순간의 죽음, 죽음을 매복하고 있는 일 미터마다의 순
간들,
　누구도 그걸 회의하지 못하리.
　또다시 지는 나뭇잎 한 장 뒤로는
　또 얼마나 많은 죽음들이
　철사줄같이 손가락을 벼락 속으로 뻗어 있는지
　하늘의 구름 갈매기 바람들이 흘러가다
　강물 속으로 가라앉는지 누구도 말하지 마라.
　누가 과연 죽음을 눈뜰 수 있을까.

삼십 세

너무 깊은 곳으로 밀려온 물들이 불탄다
이제 나는 삶이라는 현실을 통해
꿈이라는 죽음을 살아야 하리
나는 점점 더 심해질 것이다
마음 고운 그대 빛나던 강가에 오래 서서
죽음으로 몰려가는 누추한 낙엽들을 내내 추위 떨리
구역질나는 내 인생은 내 육체를 버리니
어디에서 내 빈손 내밀어 허공을 숨 쉴까
길이 나를 데려가주지는 않는다
서서히 서서히 광기를 향하여
나는 나를 연소시키리니
넌더리나는 날들이여
우리가 도망갈 곳은 먼지 아니면 자본밖에 없으니
야만의 달이여
죽은 가슴이여
천천히 흘러드는 이 빗방울의 흙속으로
생은 얼마나 어둡게 눈뜨는가
꿈이 나를 비추어주지는 않는다
절벽 위의 나무 위의 검고 회색빛 구름

속의 벼락 치는 마약의 번개들이여
언제나 절벽은 뛰어내릴 수 있어 경이롭다
너무 일찍 문 닫힌 벽들이 불탄다
세상을 살기에 나는 너무 예민하다

열등생

상처받는 자들 그들도 달빛을 받는다
그 달빛으로 자신만 알고 있는 나무 곁에 서서
쫓겨난 집과 학교를 바라보고 있는
그 오랜 묵시의 동굴을 따라
지구 반대에서 태양을 건져 올린다

천천히 자신의 이름이 지워질 때까지
천천히 자신의 주소가 소나무 숲일 때까지
어떤 조롱이 그를 더 멀리까지 밤길을 굴리게 한다
어떤 질타가 그를 더 멀리까지 빗방울의 밤들을 꿈 밝
히게 한다

상처받는 자들 그들도 달빛을 받는다
그 달빛으로 새들도 깃들지 않는 벌판의 헛간에서
죽음을 나열하는 뒤죽박죽의 나뭇잎들을 탓하지 않으며
기억의 먼지들을, 모멸을, 생의 푸른 상처들을
불타는 물로 자존의 복수를 방전한다
스스로 구름의 안과 밖을 넘나드는 번개일 때까지
얼마나 많은 비의 눈빛들을
저 하늘의 달과 별 속에 풀어놓은 것일까

3부

피로침은 낙뢰와 함께 잠든다

겨울산

겨울산은 육체로 불타고 있었다
더 강한 바람이 몰아치고
내가 외투로 너의 밀경密經에 들어섰을 때
나는 까마득히 모르고 있었다
겨울산은 아플 때 내가 가본
더 아픈 램프의 베이스캠프였다
막강한 신열身熱의 발화로서의 열대에서
방식이고 규칙이고 예의고 싹 무시하고
최악으로 버티는 이 난전의 막판에서
그 태도의 팔부 능선에서
너는 타오르는 인내의
방사하는 푸르른 광기였음을 알았다
내 자존의 완전군장 죽을 때까지
고통을 극대화하는
전깃불 꺼지는 온몸의 세월이여
내 실존의 벙커여
겨울산은 불타는 육체로 젖어 있었다

낭떠러지 앞에서

절벽이란 갑자기 울리는 초인종처럼
까마득히 쓱 쓱 옆구리에 비수를 갖다 들이대는
그 공포감으로 나를 정신 들게 한다
하물며 절벽을 타고 내리는 물이란
마치 내 몸을 휘감는 공기 같다
물의 행진 그것은 단절의 연속으로
추락으로 더 더 아름답다
물은 어떠한 절벽의 높이 위에서도
공포의 깊이 위험 앞에서도 뛰어내린다
그리하여 멀리 바다에 흐른다
성혈을 향해 뛰어들 듯
빳빳이 흐트러지는 기색도 없이
절벽에서 절벽으로
자신을 던짐으로써
스스로 지구 깊이 스며 운동한다
천 길 낭떠러지 위에서도 아래서도
물은 그 항심으로 유쾌한 폭포가 되어
지상의 풀들을 바짝 정신 차리게 한다
물은 이미 적수가 없다

겨울산 화악산

멀리에서 가까이로 눈은 쏟아져 내린다.
시작이 반인 산 오르기의 겨울.
저만치 관목 숲은 말한다.
이 길은 뛰어가거나 걸어가는 게 아니라
물처럼 흘러가는 골짜기라고.
그게 길의 왕도라고.
겨울산은 올라갈 산이 아닌 지 벌써 오래다.
깊이 깊이 들어가야 할 적멸의 신전처럼
싸움과 고요의 밀경密經인 12월의 야전에서
시작이 반인지는 몰라도
반은 시작의 어느 지점의 끝임에 틀림없고
나는 끝인 길만을 낑낑대며 올라왔다.
화악산에서 내가 배운 게 무엇이던가.
그건 꿈을 죽이라는 계시, 특명.
하지만 나는 꿈 때문에 너를 기다렸고
꿈 때문에 죽어나는
짐승이 울부짖는 육신을 보았었다.
겨울산아 욕망은 아무래도
연애보다도 빠르고 연애 뒤에도 되새김질하는

집착의 복통 같으다.
땅 끝에서 하늘 끝으로
하늘 끝에서 다시 땅 끝으로 흐르는
허허산중 이 색 바랜 야전잠바 위에서
마음은 나에게 높이에 이어진
낮음의 증오를 가르쳤다.
폭설은 가까이에서 가까이로 쏟아져
퉁퉁 부은 관절 밑 발목을 덮는다.
산 산 고행의 설산 화악산.

죽은 시인들

웃음은 필요 없어요 …이미 춤은 끝났으니
부러져버린 예지의 안테나, 기후는 점점 나빠지고
눈물은 필요 없어요 …슬픔은 증발해버렸으니
말이 떠오르지 않아 너를 숨 쉬게 하는 말
그리하여 나를 숨 쉬고 나의 숨이 숨 쉬는
오월의 오리나무 숲을 무위자연 하는 말
이젠 떠오르지 않아요
신도 폐허고
인간도 폐허라고 핀셋처럼 집어내던
구름 우중충한 날 칠흑을 가르던 번개와 같은 말
이젠 전망할 수 없어요
누가 빛이 있다면 손을 들어 심장을 비추어봐요
울음은 필요 없어요 …이미 후회는 떠나간 희망이에요
그럼 이젠 자연만 남았나요 …이곳도 이미 폐허예요
점점 더 나빠지기만 하는 나빠지려고만 하는
물의 죽음들 그 신음의 먼지의 창궐들
토끼는 필요 없어요 …우리는 비닐을 먹는 새 새들 짐
승들
　눈떠라, 눈떠라, 죽음을 망각한 브레이크가 고장 난 미래를!

　오, 태어났던, 태어나는, 태어날 …사산死産이여

동해안 포구를 위하여

  파도, 내 삶의 요람, 내 삶의 교두보, 빛의 뇌우, 지친 새들의 침실, 죽기 전까지 살아 있을 원형의 에너지, 내 취한 삶.

*

  피뢰침은 낙뢰와 함께 잠든다.

*

  다시 낙뢰가 떨어진다. 그것도 없었다면 피뢰침은 심심하여 옥상에서 내려왔을 것이다.

*

  시시한 것만큼 사람을 병들게 하는 것도 없다. 아무 할 일이 없으면 악이라도 행하라 너는 지껄인다.

*

〉

흘러간 것은 물이 아니라 흘러간 물이다.
흘러간 물을 통해 흘러갈 물을 만진다.

*

결국 여기까지 도착했네.
내 사랑 반죽하던 물의 집
모성의 처음까지.
쉽게 망가지기는 쉬워도
끝없이 태어나기는 어려운 인생.
지구의 집 이젠 꽃을 거두네.
사랑은 없었고 욕망만 많았네.
나 이제 술을 버리네.
열광할 틈도 없이
삶은 눈과 귀를 죽음으로 틀어막네.
나 이제 한 포기 풀, 모래 한 알, 새 한 마리
숨길 곳 없어졌네.
갈 곳의 헤맴은 많아도
도착할 물빛 푸른 방은 없었던 시절

꽃은 밤하늘 환히 걸려 있고
다시 한 번 써보는
꾹꾹 눌러 써보는 물의 집.
결국 나 여기까지 도착했네.

지금 그곳에선

정부는 무사무사 천하태평이었다
죽음은 유행처럼 번지고— 우리는 비로소
죽음이 유행이 될 수도 있는
상식이 될 수도 있는
그런 위험하기 짝이 없는 시대를
대책도 없이 망해가고 있었다

서시

이 모든 환멸에도 불구하고
나는 싸워야 하리
어떻게!
숨 쉬니까 살아 있는 게 절대
절대로 아니다
살아 있을 때만이 숨 쉬듯
죽음이여 언제든지 찾아오라
내 반길 테니
네가
불후의 네가
내 속에서 쓰러질 때까지

절벽에서의 투기, 위험한 초월

김정란(시인 • 문학평론가)

오디세우스는 바닷가 바위 위에 앉아 머리를 빗으며 항해자들을 꼬드기는 아름다운 세이레네스의 유혹에 저항하기 위하여 돛대에 자신의 몸을 꽁꽁 묶는다. 그는 수직성의 원칙에 기댐으로써 여성의 수평적 유혹에 저항한다. 여기 수평의 삶을 거부하고 오로지 수직의 삶만을 살 신탁을 부여받은 또 한 명의 오디세우스가 있다. 박용하에게 존재는 단지 수직 방향을 따를 때에만 의미를 획득한다. 그것은 이 시인이 그토록 증오하는 "시시하게 살기"가 "전복"되는 방향이다. 그것은 주어진 삶, 박용하에게는 단지 "소문", 남들이 그렇다니까 그러한 삶에 불과한, 타인들의 판단 기준에 매여 있는 "너그들"의 삶을 "어디까지나 / 넘어서"려는 자가 취할 수 있는 유일한 방향이다. 그는 수직적인 모든 것, 새의 비상, 나무들의 직립, 내리꽂히는 비, 폭포, 타는 불에 자신의 몸을 칭칭 비끌어맨다. 넓은 초월은 없다. 모든 초월은 높거나 깊다. 초월은 면적이 아니라 높이이거나 깊이이다. 그것을 갈망하는 자에게 옆으로 살기는 가장 추악한 추문이다. 박용하는 잘라 말한다.

> 길이 나를 데려가주지는 않는다
> ―「삼십 세」 부분

　시의 제목이 '삼십 세'라는 것을 염두에 두자. 이 시구의 의미는 시집 맨 끝에 배치한(이 배치는 의미심장하다. 그것은 박용하의 시적 '싸움'이 전혀 그 전략을 수정하지 않았음을 의미한다) 「서시」의 거친 어조 안에서 더욱 명확히 드러난다. 그는 똑같은 강도와 열정으로, 그의 표현대로라면 "고집불통"으로 싸움의 처음 순간의 긴장으로 되돌아간다.

> 이 모든 환멸에도 불구하고
> 나는 싸워야 하리
> 어떻게!
> **숨 쉬니까 살아 있는 게 절대**
> **절대로 아니다**
> 살아 있을 때만이 숨 쉬듯

죽음이여 언제든지 찾아오라
내 반길 테니
네가
불후의 네가
내 속에서 쓰러질 때까지
—「서시」 전문

흐르는 시간을 따라가기, 시간의 수평적 길을 따라 걷기, 그것은 박용하에게는 삶이 아니다. 그것은 "죽음"이다 (이 시는 "죽음"과 싸우러 가는 시인의 출사표이다. 이 시가 온갖 수식을 걷어낸 건조한 어조를 가지고 있는 것은 그 때문이다. 싸우러 가는 판에 말을 멋지게 하는 것이 무슨 대수란 말인가). 그런데 현대의 삶은 "빤히 들여다보이는" 수평적 균질성만을 향해 치달아 간다. 시인은 홀로 삶의 의미를 캐내지 못하고 우왕좌왕 대세의 눈치를 보는 자들, 본질에 대한 성찰보다 전략적 사고에 능한 이데올로그들에게 "척하지 마라, 여럿일 땐 고함치고 / 홀로일 땐 엄두도 못"(「여름강」) '낸다'고 쏘아붙인다. 그는 그 "그게 그거인" "소문"의 삶, 언제나 전체에 의하여 감시되고 통제되는 삶을 가장 경멸적인 어조를 덧붙여 "국가", 또는 "군대"라고 부른다. 박용하에 의하면 그것은 존재의 소외인 "죽음"(다시 이야기하게 되겠지만, 박용하의 시세계에는 두 가지의 "죽음"이 있다. 하나는 존재의 소외로서의 "죽음", 그리고 다른 하나는 그 소외를 거부하기 위해 기왕의 삶을 죽이는 통과 제의적 "죽음"이다. 박용하는 전자와 싸움을 벌이지만 후자를 오히려 추구한다)이다. 그러나 현대의 삶에서 "죽음"은 어떤 한 지역, 또는 분야의 양상이 아니라 총체적 현상이다. 게다가 현대인들은 그 죽음을 흉내 내기 위하여 죽어라 "바닥을 기기만 한다". 르페브르를 따라 말한다면 현대의 삶의 무의미화는 사람들이 기꺼이 모방하는 이상한 성격을 가진 존재의 소외이다.

정부는 무사무사 천하태평이었다
죽음은 유행처럼 번지고 - 우리는 비로소
죽음이 유행이 될 수도 있는
상식이 될 수도 있는
그런 위험하기 짝이 없는 시대를
대책도 없이 망해가고 있었다
— 「지금 그곳에선」 전문

　시인들마저 본질을, 원초적 충일성을 전하던 위대한 말을 버리고 말장난에 매달린다. 니체에 뒤이어 박용하는 우울하게 말한다. 시인은 죽었다.

부러져버린 예지의 안테나, 기후는 점점 나빠지고
눈물은 필요 없어요 …슬픔은 증발해버렸으니
말이 떠오르지 않아 너를 숨 쉬게 하는 말
그리하여 나를 숨 쉬고 나의 숨이 숨 쉬는
오월의 오리나무 숲을 무위자연 하는 말
이젠 떠오르지 않아요
(……)
토끼는 필요 없어요 …우리는 비닐을 먹는 새 새들 짐승들
눈떠라, 눈떠라, 죽음을 망각한 브레이크가 고장 난 미래를!
오, 태어났던, 태어나는, 태어날 …사산死産이여
　　　　　　　─「죽은 시인들」 부분

전망은 캄캄하다. 그래서 시인은 예언자처럼 '장중하
게' 말한다.

잘 있거라, 언어를 망친 세대들이여
잘 있거라, 좋은 세계에서 살기 틀린 세대들이여
태백준령 깊은 곳에서 바람은 스르르 흘러와
최후로 남은 나뭇잎을 콱 할퀴어버린다
생은 계속되어지지 않는다

생은 계속 죽어갈 뿐이다

─「춘천 비가 1」 부분

　이 양적 증식에만 눈이 멀어 있는, 에리히 프롬적인 의
미에서의 소유의 방식은 박용하의 시 속에서 "안개", "먼
지", "연기" 등의 이미지들로 표현된다. 불순함, 잡다함 등
의 의미를 그 상징적 내포로 가지고 있는 이 이미지들은
박용하의 시세계에서 그 수평적 흩어짐의 특성과 투명한
응시를 방해하는 장애물이라는 특성 때문에 언제나 상승
의 운명만을 따르는 "불", 투시의 행위에 반드시 덧붙여
지는 비물질화한 불인 "빛", 그리고 순수함을 상징하는
"물"[그러나 "물" 역시 박용하의 원소기호표 안에서 수직의 축
위에 배치되어 있다. 앞으로 보게 되겠지만, 박용하가 가장 사랑
하는 물은 수평으로 흐르는 물이 아니라 수직으로 흐르는 물이
다. 왜냐하면 물은 수직 방향을 따를 때 가장 힘차게 흐르기 때문
이다. 이 전투적 초월주의자는 물의 투명성보다도 물의 역동성에
더욱더 매료된다. 물은 거대하거나(바다, 강) 역동적일 때(파도,
폭포) 가장 박용하를 매혹한다. 그의 남성적 상상력은 위대함과
힘에 가장 민감하게 반응한다]의 반대항에 놓여 있다. "매스
mass"가 지배하는 이곳은 "자본 또는 먼지"가 "창궐"하는
"안개성" "먼지의 제국"이며(물론 그것을 생태학적으로
"공해"라고 읽을 수도 있다), 사람들은 진지한 것들을 "연

기"에 가려 읽지 못한다. 시인은 이곳에서 "노래하지 못한
다/의미 있는 것들에 대해서"(「27」).

이곳의 밤들은 황량하고
별들은 모든 습기를 **안개로 풀어 헤친다.**
그 안개 속에서 절망한 자들은 알리.
살아 있음만큼 더 무서운 욕망은 없다는 것을.
(······)
여긴 안개의 왕국.
지구에서 가장 오랜 **침묵의 흐르는 물의** 왕국.
그 **먼지의 성채**에서 우리가 만나는 것은
지쳐 버린 시간들과 없는 만남들뿐이다.
　　—「춘천 비가 4」 부분

기차는 컥컥 숨을 틀어막는 **안개의 영역**을 벗어나기 위해
미친 듯이 레일을 타고 대도시로 달려가
울음을 팽개칠 뿐이지
안개가 안개의 등을 밀며 밀리는 한밤이면
내가 펼치던 노트 속에 띄엄띄엄 박혀 있던 **뾰족**한 나무들
그 나무들 사이로 헤엄치듯 죽어 나자빠지던 나뭇잎들
내가 썼던 열망, 내가 불렀던 노래들
안개에 가려 읽을 수 없다
　　—「춘천 비가 2」 부분

그렇다면 "이후 나는 없다"(「27」)고 말하고 내팽개쳐 버릴 것인가. 아니다. 그렇게 하기에 박용하의 "자존의 에 베레스트"는 너무 높다. 그는 "존재의 갈피에 끼여 있는 / 구름의 두께, 풍요의 모성"(「겨울강」)을 뒤져낸다. 그리고 우리가 이미 알거니와 그 추구의 방향은 박용하적인 부 사를 덧붙여 말한다면 "절대적으로" 수직의 방향이다. 그 는 "흐르는" 물을 일으켜 세운다. "비는 (……) 하늘로 상 쾌하게 상승한다"(「비」). 그는 야곱처럼 베델, 또는 삶의 무거움을 머리에 베고 하늘에 이르는 사닥다리를 꿈꾼다. 그 꿈은 그러나 신비적 초월주의자의 꿈이 아니다. 왜냐 하면 박용하는 꿈이 "환란"이며 꿈 때문에 자기가 "죽어 날" 것이라는 것을 알고 있기 때문이다. 그는 존재의 바깥 으로 걸어 나간다. 거기에서 그를 기다리는 것은 위안이 아니라 초월을 쟁취하기 위한 싸움, "사투"이다. 그는 "아 슬아슬하게" "위험한 세계의 아들처럼"(「춘천 비기 4」) 문밖의 나무와 강물, 그리고 바다에 간다. 그것이 범상한, 희끄무레한 삶의 반대 방향으로 가는 길이므로 시인은 그 것을 "초록의 광기" "발광" "취한 삶"이라고 부른다. 그의 광기는 집요하다. 그는 싸움이 별로 승산이 없다는 것을 알고 있지만, 그러나 고집스레 "나는 점점 더 심해질 것이 다"(「삼십 세」)라고 말한다.

나는 자백한다
문 안에 있는 사람들은
더욱 깊고 안전하고 따스한
문 안을 희망하고
문밖에 있는 사람들은
더욱 거칠고 포악한
문밖을 희망한다
　　　—「서울의 밤과 비와 26세를 위한 여섯 개의 묵시默視」 부분

　이 수직성의 꿈은 그러므로 아니마의 꿈이 아니라 아니무스의 꿈이다. 그것은 오히려 시인 자신의 표현대로 "전쟁"이다. 그의 시에 아주 빈번히 등장하는 군대용어의 사용도 우리는 같은 맥락에서 이해해야 한다. 그것은 그가 한때 학교에서 제적되어 막바로 맞게 된 군대 경험의 강도의 흔적일 수도 있다. 그러나 "벙커" "특명" "전방 20미터" "탄피" "야전" "완전군장" 등의 군대용어는 "술과 담배 대신 은단을 주"(「단편 24시」)시며 온순해질 것을 종용하는 어머니, 여성의 존재가 완전히 추방당해 있는 그의 남성적 세계의 특성을 아주 효과적으로 전달하는 역할을 수행하고 있다. 이 군대용어들은 초월의 상징주의에

흔히 등장하기 마련인 무기의 상징성을 내포하고 있다. 모든 초월성은 무장한다. 왜냐하면, 빛의 쟁취는 어둠과의 싸움을 전제로 하기 때문이다. 싸움이 힘겨우면 힘겨울수록 승리의 정당성은 보장된다. 그래서 박용하라는 검투사는 "승리에는 피 냄새가 스며든다"(「단편 24시」)라고 말한다. 그는 아니마적인 상상력이 주조를 이루는 한국의 시단에서 광야를 누비던 광개토대왕의 기질을 물려받은 몇 안 되는 후예 중의 하나이다. 그를 가장 참을 수 없게 하는 것은 "시시함"이다. 그에게 "시시함"은 "폭력"보다도 더 무서운 것이며, 시시하게 사느니 차라리 "악이라도 행하라"(「동해안 포구를 위하여」)고 충고한다. 그래서 그는 "악화는 양화를 구축한다"는 경제적 명제를 일부러 "악한 놈은 선한 놈을 살려줄 수도 있다고 해석한다"(「단편 24시」)라고 틀리게 읽는다. 나는 그 말을 "시시하지 않은 자는 시시한 자를 구원할 수도 있다"라고 고쳐 읽는다.

이 "힘"에 대한 매혹은 박용하의 시 도처에서 읽힌다. 앞서도 이야기했듯이 "물"에 대한 그의 사랑도 그것이 조용히 흐를 때가 아니라 가장 역동적으로 움직일 때 더욱 커진다. 비는 "철썩거리며" 하늘로 "치솟고", 나무의 "푸른 물(은 뜨겁게) 끓어 넘(친다)"(「비 오는 날 굴성屈性의 식물들은」). 그가 강보다도 바다를 사랑하는 까닭은 그것이 거대하며, 땅의 끝[박용하라는 싸움꾼은 "끝"까지 간다. 그렇지 않고는 그의 "자존"이 입을 다물지 않기 때문이다. 그래서 그는 한 해의 "끝"인 12월에 화악산 "꼭대기"로 "끝인 길만을 (찾아) 낑낑대며 올라"(「겨울산 화악산」)간다. "끝"까지 가본 자만이 삶의 의미를 탐할 수 있는 것이다]이라는 사실 때문이기도 하지만, 그것이 끝없이 움직이는 물이라는 사실 때문이다. 그의 시세계에 한군데에 얌전히 붙박혀 있는 것은 아무것도 없다. "쉬고서는 견딜 수 없"(「북한강에서」)"기 때문이다. 모든 것은 자기 밖으로 나가기 위해 움직인다. 땅에 붙잡혀 있는 나무들마저 "한계"를, 묶여 있음을 "쳐죽이기" 위해(이 쳐, 치 등의 접두어들은 강하고 빠른 움직임을 암시하는 콱, 휙, 확, 꽉꽉 등의 의성어들과 함께 얼마나 이 시인이 역동성에 민감한가를 드러내어 보여 준다. 그는 모든 사물을 아주 빨리, 그리고 그것이 가장 높은 에너지에 도달해 있을 때 집약적으로 파악한다. 그의 시 속에 빈번히 등장하는 성적 환기력을 가진 放 자의 의미도 바로 같은 맥락에서 이해되어야 한다. 그것은 자기 바깥으로 분출되기 직전의 가장 응축된 에너지를 암시한다. 그래서 그는 나무를 "방전로放電路"라고 부르며, "방심"하는 자만이 "태양의 내부"를 꿈꿀 수 있고, 측백나무는 꿈을 "방뇨한다"라고 말한다) "불탄다". 그가 불에 매료되어 있는 이유는 그것의 빠른 움직임 때문이다. 그의 나무들은 모두 불탄다. 아주 빨리 상승하기 위해서이다. 포르테시모, 그리고 알레그로, 그것이 박용하의 어법이다. 그가 조용히 아니마적인 몽상을 이야기하는 유일한 시 「동해안 포구를 위하여」가 기형도의 어법을 따르고 있음은 암시적이다.

박용하의 발성법은 아니마적 몽상에 익숙하지 못하다.

"힘"에의 매혹은 자연스럽게 "거대함"에 대한 선호로 이어진다. 거대한 모든 것은 그의 영감을 부추긴다. "하늘" "산" "바다", 그리고 준령 꼭대기의 나무들, "풀잎"의 이미지에서도 그가 길어 올리는 것은 그것의 불굴의 투지, 위대함에의 소명감이다. 일종의 거인주의적 상상력이라고 부를 수 있는 이러한 상상적 특성은 박용하로 하여금 그가 사랑하는 이미지들을 아주 큰 소리로 길게 발음하게 만들고, 그의 이미지들은 아르프Arp의 조각들처럼 크게 부푼다. 그래서 그의 시에 나타나는 "둥금" 또는 "굴성"의 이미지는 이성복이나 정화진의 경우처럼 모성의 따스함을 의미한다기보다는 "거대함"의 추구의 한 상상적 도식을 나타내는 것처럼 보인다. 그것은 아주 큰 곡선, "창공"의 궁륭이거나 또는 "윤회"의 곡선이다. 그것은 "땅끝에서 하늘 끝"(「겨울산 화악산」)을 잇는 선, "멀리에서 멀리로 흐르는 바다"(「비」)에서 비가 이어주는 하늘과 땅의 긴 곡선이다. 그 거대한 궁륭을 꿈꾸는 시인은 꼼지락 꼼지락 온갖 작전을 세우느라 바쁜 사색가들과는 달리 아예 전략적 사고를 싹 무시한다. 그는 싸움의 고통을 전략을 통해 덜어볼 잔꾀를 부리지 않는 것이다. 그의 나무는 "막무가내"로, "고집불통"으로 "방식이고 규칙이고 예의고 싹 무시하고"(「겨울산」) 시원始原으로 이행해 간다. 그래서 그의 어법은 때에 따라 아주 거칠게 느껴진다.

이 막무가내의 투박한 싸움은 그의 작품 안에서 "정면 대결"의 양상으로 드러난다. 그는 싸움이 힘겹다는 것을, 승리의 승산이 거의 없다는 것을 이미 알고 있다. 그럼에도 "불구하고" 그는 썩은 세계와, 나무와 철새들의 적으로 나타나 "나무를 뚝! 분지르며" 그를 문밖으로 내몬 제도라는 "부성父性"과 정면 대결한다. "등허리에 작살이 꽂힌"(「단편 24시」) 채 "곧 죽어도 서서"(「나무 앞에서」) 죽는 "대열에서 벗어난 자들"(「단편 24시」)의 싸움. 그가 절벽 위가 아니라 "앞"에, 나무 옆이 아니라 "앞"에 서 있는 것은 그 때문이다. 이 정면대결 의식은 박용하의 시 속에서 아주 독특한 언어사용으로 드러난다. 그는 평상 어법대로라면 장소부사, 또는 간접목적어로 사용되어야 할 단어들을 몽땅 직접목적어로 써버린다. 그러한 예는 박용하의 시집 전체에서 수도 없이 읽힌다. 몇 가지 예만 들어봐도, "죽음을 눈 뜬다" "지구를 가스등 켠다" "불바다를 일렁인다" "살을 흐른다". 이러한 언어사용은 그가 얼마나 사물에 막바로 직접 다가가는가를 웅변으로 드러낸다.

그는 매순간 전적으로 투기한다. 그러므로 이제 죽음은 오히려 추구의 대상, 또는 "살아내어야 할" 대상이다. 왜냐하면 죽음은 바로 생이라는 판돈을 다 거는 도박꾼이 무릅쓰지 않으면 안 되는 "뛰어내릴 수 있어 경이"(「삼십세」)로운 위험이기 때문이며, 바로 죽음 직전에 삶은 가장 높은 에너지를 확보하기 때문이다. 다 얻기 위해 다 버려

라. 그것이 박용하의 좌우명이다.

> 절벽이란 갑자기 울리는 초인종처럼
> 까마득히 쓱 쓱 옆구리에 비수를 갖다 들이대는
> 그 공포감으로 나를 정신 들게 한다
> 하물며 절벽을 타고 내리는 물이란
> 마치 내 몸을 휘감는 공기 같다
> 물의 행진 그것은 단절의 연속으로
> 추락으로 더 더 아름답다
> 물은 어떠한 절벽의 높이 위에서도
> 공포의 깊이 위험 앞에서도 뛰어내린다
> 그리하여 멀리 바다에 흐른다
> ─「낭떠러지 앞에서」 부분

1990년대 문학은 위대함을 포기함으로써 그 목소리의 시대적 변별성을 추구해 가고 있는 것 같다. 나는 그 시도의 문학적 의미를 과소평가하지 않는다. 그것은 명백히 의미 있는 시도이다. 1980년대의 들뜬 정치적 메시지에 눌려 질식되었던 개인의 목소리들이 얼핏 보기엔 아주 잡다한 여러 형식들을 통해 발성되고 있다. 박용하의 목소리는 그 목소리들 가운데에서 어쩌면 가장 이질적인 요소들을 가장 많이 가지고 있는지도 모른다. 그는 위대함의 꿈을 버리지 않은 거의 유일한 젊은 시인이다. 그래서 그의 시에는 어떻게 보면 시쳇말로 '폼'만 너무 센 터프가이의 거친 매너를 닮은 부분이 가끔 돌출되어 드러난다. 그러나 그것은 그의 젊음의 열정의 흔적이다. 오히려 그 세련되어지지 않은 열정은 도시적 감수성으로만 얄팍하게 무장한 "내면이 없는" 세대가 가장 결하고 있는 덕성일 수도 있다.

박용하는 이미 어떤 자신의 어법을 구축하는 데 성공하고 있다. 그리고 그것은 그의 치열한 내면추구를 통하여 탄탄한 상상적 통일성을 보여 준다. 어조의 단조로움이라든지 이미지들의 조합이 도식적이라든지 하는 결함을 지적할 수는 있겠지만, 그것은 그가 지닌 위대함의 꿈, 그리고 그것을 수행해 가면서 구축한 그의 견인주의적 상상력이 이룩한 성과에 비하면 그리 크게 문제 삼을 바는 아니다. 게다가 그는 젊은 시인이 아닌가. 젊음의 거칠음은 오히려 신선하다. 그것은 어떤 의미에서는 내일의 형식적 우아함보다 훨씬 더 가치 있는 것인지도 모른다. 🔚

26세를 위한 여섯 개의 묵시

1판 1쇄 발행	2022년 1월 30일
지은이	박용하
발행인	윤미소
발행처	(주)달아실출판사
책임편집	박제영
디자인	전형근
마케팅	배상휘
법률자문	김용진
주소	강원도 춘천시 춘천로 257, 2층
전화	033-241-7661
팩스	033-241-7662
이메일	dalasilmoongo@naver.com
출판등록	2016년 12월 30일 제494호

ⓒ 박용하, 2022
ISBN : 979-11-91668-30-8 03810